インパラの群れ

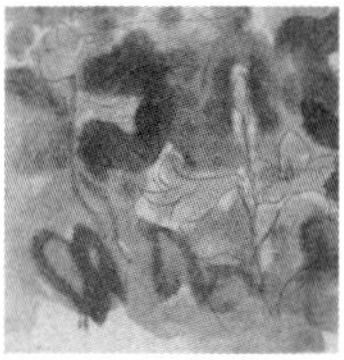

高橋元子歌集

現代短歌社

序

外塚　喬

子育てが終わった人の中には、もっと早く短歌を詠んでいたらと思っている人が多いようだ。『インパラの群れ』の著者である高橋元子さんも、その一人である。遅く出発したことによって、相聞歌や子育ての歌を過去にさかのぼって詠むのは難しいし、作品としての訴える力は乏しくなると言えるだろう。しかし、悔やんでも過ぎ去った時間は還ってくることはない。

そうした高橋さんは、最初は何を詠むかに迷っていたようである。歌の素材はいくらでもある、先ずは身辺のことを詠うように、そしてあなたにしか詠めない歌を詠むことによって、あなたが今日に生きているという足跡を残すことができることを伝えたのである。その言葉を、歌を詠む指針として高橋さんは今日まで実作活動を続けている。

私は、二〇〇二（平成14）年に大東文化大学オープンカレッジに「短歌実作教室」を開講している。高橋さんはこの講座に、二〇〇九（平成21）年に初めて参加している。この講座は普通のカルチャーとは少し違っていて、春期と秋期の講座は毎週土曜日に連続して十回行われている。冬期は一週おきになっている。これだけではない。参加するには毎回十首の作品を提出しなければならない。初めて参加した人は面食らうようだが、歌に対しての意欲のある人たちだけに、次第に十首を詠むことが苦にならなくなってくるようである。講座が終わると、自選作品二十首を纏めて合同歌集を編んでいる。

高橋さんの初期の頃のものには、次のような作品が収められている。

　三か月ごとに替へよと指示あるにパスワード新しき付箋に記す

　世界中にたつたひとつの番号とＩＰアドレス＝《イコール》わたし

最初から洗練された作品を詠んでいるので、初めて歌を詠みますという自己紹介の言葉を疑ったほどである。この二首は、仕事に関した歌である。県の職員として働く高橋さんは、身辺を限りなく見まわして歌に詠んでいる。また同時期には、若い頃を過ごした埼玉県川越市に長く伝わる川越祭りの一場面を「秋風にあらはるるごと山車の上に白く浮きたつ人形の首」「引き綱を持ちたる童女白足袋にたつつけ袴の昔日のわれ」とも詠んでいる。山車に飾られている人形の首になど、人はなかなか視線を向けることはないだろう。見慣れた風景を見直すことによって、独自の世界を構築することができたのである。

『インパラの群れ』には、仕事の歌が数多く収められている。学校という現場での、教員の歌は珍しくないが教員を支えて学校の事務を担当する人の歌は、数少ないのではないだろうか。

消灯×《ばつ》窓閉め×《ばつ》とチェックされる文化祭までの警備日報

午後七時全室点灯の校舎なれば完全下校の放送ながす

変電室にたたずみゐるに機器類の虫の羽音のやうな音のす

どよめきのつたはりてくる八時半合格番号を張り出す背《せな》に

三度目のお知らせなるに印刷の用紙の色はイエローにする

素材が珍しいというだけでは、歌の評価はされない。素材を咀嚼して、表現を完結させせなければ作品にはならない。ここに取り上げた五首からは、作者の働く姿が鮮明に見えてくる。とくに五首目などは、多くの人が体験しているだろうが、感性を磨いていなければ素材を見落としてしまいかねない。

走高跳《ハイジャン》の子の反らしたる背の中にカンナの花のあかあかと見ゆ

次つぎとハードルを越すその時に少年の足はまつすぐ伸びる

プールよりあがりて来たる少年の鎖骨は夏の陽をはねかへす

生徒と接する機会は少ないと思われるが、作者は教師以上によく生徒を見ている。そこには優しい眼差しを感じると同時に、自らの生徒であったころを回想しているのかもしれない。

にはとりも備品であれば監査前に何度もなんども数をかぞへる

心臓はまだとどかぬかと問ひてくる解剖好きなるひな子先生

ここと思へばまたあちらなるひな子先生伝令のやうに私も走る

授業用包丁を買ふ四十本の柄に印したる通し番号

転勤先の一つに農業高校があり、その学校では「にはとりも備品で」ある。計数器片手に鶏を、必死に数えなければならない。或いは実験用臓器の到着に心を配るなど、教師のサポートをしながら、事務職としての仕事を全うしてゆくのだ。当たり前と思われていることが、衒うことなく表現されているところが読者の共感を得るところであろう。まさに縁の下の力持ちに徹することによって、次々と学校という現場が浮き彫りにされてゆくのである。

夏雲をかづきてやさし魚沼の地をまもりゐる越後三山

潰して出すとの決まりにつよく踏みしだくペットボトルのこの世の空気

怒りといふ文字《もんじ》には女《をみな》と心ありされば夫に息子に怒る

何を話さう何から話さう母の背を追ひかけてゆく夢の中では

足柄も不破関《ふはのせき》をもひとつとび筑紫まで来つあづまをみなの

仕事の歌を中心として記してきた。最近では、素材の幅を広げようと絵画鑑賞や旅行を楽しんだりしている。常に前を向いて歩んでいる高橋さんの歌を、多くの識者に読んで頂きたいと思っている。仲間の一人として今後の作品がさらに深化してゆくことを期待している。

二〇一六年五月五日、わが生誕の日にしるす。

目次

Ⅲ

インパラの群れ

I

パブロフの犬

わかれるを告げに来たるか窓にきてほうと鳴きたり二羽の山鳩

異動する人多ければシュレッダーの勤務時間をこえて働く

目の端に夕やけの色とらへつつ刻限のある作業つづける

報告月と名付けたきほどくさぐさの報告をして四月の終はる

次つぎと試験問題印刷し混みあひてゐる印刷室は

文房具屋の店先のごと新学期準備の事務用品を並べつ

少しだけ〈こつ〉を要する鍵閉めのこつを教へる新任教師に

さやぐ葉を目にとめながら欠席の電話とりつぐ五月の朝は

パブロフの犬になりきり窓口に人影あるに颯《さ》と席を立つ

番号に管理されゐる身であれば忘れまい数字六桁なるを

会議中の空気よみゐる胸の内リトマス試験紙のやうなる時間

消灯×《ばつ》窓閉め×《ばつ》とチェックされる文化祭までの警備日報

午後七時全室点灯の校舎なれば完全下校の放送ながす

変電室にたたずみゐるに機器類の虫の羽音のやうな音のす

校歌にもうたはれてゐる松の木に松喰ひ虫の薬剤をうつ

燐寸擦《す》ることのなくなり実験のランプもチャッカマンにて点火す

賞味期限のあるものなるに試食せり災害用備蓄食料のレトルト御飯

空はカンバス

校舎より高くなりたるけやきの木若葉に風のすぎゆくが見ゆ

排水口の安全なるを確認しプールの始業点検終へる

消防水利に指定されたるプールなり水を抜く日の連絡をする

予鈴のやうに雷なりて校庭を斜《はす》に突つ切る雨脚はやし

走高跳《ハイジャン》の子の反らしたる背の中にカンナの花のあかあかと見ゆ

次つぎとハードルを越すその時に少年の足はまつすぐ伸びる

夏の日の管理日誌に記したりプールの水の塩素濃度を

うろこ持つ生きものと見ゆ木洩れ日の光るプールに泳ぐ少年

真夏日の空はカンバスおもひきり白の絵具を盛りあげて描く

こころ憂きことなり朝の連絡に会計検査院のまた来るといふ

にはとりも備品であれば監査前に何度もなんども数をかぞへる

間違ひはなきはずなれど電卓に確かめる表計算ソフトの数字

訓練訓練といひて通報訓練の電話をするに舌のもつれる

実験室の片付けするに大箱の燐寸あり昭和のラベルなつかし

新歓《しんくわん》は新入生歓迎会文実《ぶんじつ》は文化祭実行委員会との生徒の隠語

学園祭のビラ配りする子らの目の授業にまさりて勢ひのある

オープニング一時間まへ髪長き文化祭実行委員は走りに走る

こぼれる秘密

ＩＴの時代となりても出勤簿に印鑑押して始まる一日

パソコンと電話機メモ帳筆記具を定位置にして仕事はじめる

感知器に見張られてゐる事務室の朝の机上をさと一拭きす

温暖化におもひおよべどこの冬の冷えこみ厳しボイラーを焚く

つくづくと会議の多き日となりて倦みし眼《まなこ》のガラスに映る

目算のくるひて予算の残をみる厳しき冬の灯油価格に

受験票を渡さむとして名を呼べば待ちゐる子らのいつせいに向く

どよめきのつたはりてくる八時半合格番号を張り出す背《せな》に

半世紀前は筆文字　合格の発表掲示のパソコンの文字

思はぬに言葉の棘にさやりたる給湯室は薔薇の園にて

湯を注ぐひとときなるにゆるみくる口の端よりこぼれる秘密

気のせゐかやさしく見ゆる最近のカラー写真の校長の顔

かたことの英語かたことの日本語にわかりあひたりハンコヲオスと

中庭の椅子

もう少し早く動けとパソコンに毒づきながら集計をする

到着とのアナウンスののち地下駅に前照灯の徐徐にみえくる

点数に測れぬ仕事の多けれど小数点以下を切り捨てよとぞ

校則に決まりはなきに雨の日の色はあふれる女生徒の傘

その肩にひと日の憂さをとどまらせ車内にねむる一人となりぬ

笑顔をと声をかけくるカメラマン卒業アルバムに残るこの顔

ゐさらひを置けば温もりつたはりて春を待つ日の中庭の椅子

そのカードめくりてみねばわからぬに人事異動の札を引きたり

入学のをみなごのやうに新しきくつを買ひたり転勤の日に

ロッカーの名札をはづすその時にさびしさきざす異動前日

むかしの私が

阿弥陀くじ引きたる覚えなけれども大当たりなり母校への赴任

枝先に二りん三りん咲くを見つ母校の門をくぐるその時

着任のあいさつをする後輩の千の視線にさらされながら

記念写真にをさまりてゐる桜さへ今のわたしを知るよしもなし

うす紅のかすみ立つがに見える日よ母校につづく桜並木の

そんなところに隠れてゐないで出ておいでむかしの私が教室にゐる

二代目の桜は知らずうれひなき日日《にちにち》に在るころのわたしを

春先の風の梳きゆくいちやうの木シンメトリーに梢ののびる

わが手にはとてもとどかぬ和音なりラフマニノフは大き手と知る

雑音と快音の区別はつかねども吹奏楽部の練習つづく

小さき虹

入力の画面みつめて凝りたる視線あそばす樟のわか葉に

欠席と告げる電話の少なくてけふより定期考査はじまる

校庭にコースラインを引きをれば空まで来よと呼ぶ声のする

まつすぐに前を見据ゑて位置につく少年の背に号砲のなる

スプリンクラー作動させるに校庭に広がれり黒きくろき土の色

プールよりあがりて来たる少年の鎖骨は夏の陽をはねかへす

放水をすれば真夏の校庭に小さき虹の生まれては消ゆ

残されてトレースを描く子らのゐる窓の明るき製図室見上ぐ

鍵閉めを終はりて暗き廊下には誘導灯のみどりが走る

生徒らの下校をすれば静かなる昇降口をよぎる蝙蝠《かはほり》

ひな子先生

クール便にてとどけられたる生鮮品　時間指定の実験材料

心臓はまだとどかぬかと問ひてくる解剖好きなるひな子先生

ここと思へばまたあちらなるひな子先生伝令のやうに私も走る

ゆくところ風を起こすに台風の目のやうなりきひな子先生

おもはずも胃の腑のうごく実験用臓器入荷を知らせる電話に

『解體新書』は読まぬ生徒の握るメスに腑分けされたり鶏一羽

肝ふときはをみなごならむメスをとり牛の目玉の解剖をする

ひかがみを見す

終了のチャイムひびけば昼近き校舎に喧噪のつたはりてくる

生物部の生徒に似てゐる水槽のウーパールーパー笑ひ顔なり

大人には検知不可能ステルスのやうなる会話をかはす生徒の

自販機に故障と紙を貼りたればチョウシニソウと生徒ざわめく

生徒らの言葉のひびき不穏なれどあつけらかんと弁当を食ふ

始業ベルにいそぎ階段をのぼりたる生徒はしろきひかがみを見す

音階のあやふやになるトロンボーン施錠まぢかの校舎にひびく

学校はエコなるところわが足にて屋上までも日日のぼりゆく

油断のできぬ

仕事納めといはれる日なり見回りの校舎のかげに踏む薄氷

交しあふ生徒の声のあらざるをさびしみながら鍵閉めにゆく

パソコンにて作る調査書封入はむかしながらの手作業にする

覚えある名前のあるに緘を押すときに祈れり今年こそはと

緘の字の端の欠けるに新しき印を作りぬ縁起かつぎて

ペン立てには七つ道具ののり鋏ホチキス千枚通しに赤ペン

母校勤務は油断のできぬ記憶から抹殺したき人の訪ね来《く》

和綴なる台帳の中に記されたる二万三千人の一人のわたくし

制服の変はりなけれどスカートの裾にはみだすしろき太腿

いつきには剪定できぬ校庭の木の仕分けする予算内にと

春を待つかたちとなりてゐる木木に伐る目印のリボンをつける

剪定工事の日どり決まれば近隣の二十五軒にあいさつをする

樹木地図に色をぬりたり剪定の順番ごとに赤・黄・だいだい

なかなかに全員そろはぬ集合写真ことしも一人か二人が欠ける

条例や規則のあひをさらさらと運用といふ砂のならしし

かどかどしき言葉のならぶ法令集加除をするなり枝葉《しえふ》のページ

スープには塩ひとつまみ会議には教務主任のひとことが効く

冬晴れの一日とならむ通勤の鉄橋をわたるとき富士の見ゆ

インパラの群れ

インパラの群れのやうなる生徒らの朝の階段をかけのぼりゆく

授業用包丁を買ふ四十本の柄に印したる通し番号

座席表を入れるケースも硬軟の好みのあるに両方を購ふ

日に幾度もとめられたる受領印窓口業務用シャチハタを置く

受け取りのサインをするにこの試薬ひとしづくにて致死量となる

外壁の検査にあればヘルメットにのぼりてゆかむ足場階段

壁に眼と耳とのあるにうかうかと相槌うてぬ親しけれども

三度目のお知らせなるに印刷の用紙の色はイエローにする

単純作業なれどもミスの許されぬ作業たうとう夕暮れになる

丁合機にもできぬことありまちまちなサイズの綴ぢ込み手作業にする

世界中にたつたひとつの番号とＩＰアドレス＝《イコール》わたし

端末に個人情報入力すどこまで秘密なのかは知らず

他人《ひと》の秘密をのぞく仕事にあらざれど耳袋にはあふれんばかり

見てしまひ聞いてしまひたり然れども言はざるままの年月の過ぐ

得手不得手あるを確かむ全職員の入力状況のマスター画面

三か月ごとに替へよと指示あるにパスワード新しき付箋に記す

ペーパーレスとの方針あれど不在なる一日の机上は山と積まれる

託卵のやうに仕事のまはされて何はともあれやらねばならぬ

肩書ふえる

取扱ひ注意・重要・㊙の順序ありて仕分けす会議資料を

保存箱のひと箱分をコピーする情報公開請求あるに

公開と非公開とをチェックする時計と条例交互に見つつ

開示する書類の裏の裏までも睨めまはしたる人に立ち会ふ

文書料一枚十円なれど嗚呼そこに至れるまでのあれこれ

しまはれし時間のにほひ廃棄する書類を陽の下に積みあぐ

青焼きの図面の端にのこりたる染みのやうなる私の指紋

起案書に記名押印決裁の終はれば焼却炉に入れる文書は

いまとなればすべて灰燼となりぬべし秘密のありやなしやも知らず

三年五年十年までの目録をつくりて廃棄作業の終はる

行革の余波のここまで寄せてきて何やらわからぬ肩書ふえる

充職《あてしよく》のいくつ増えるかわが肩に潰れるわけにはいかないけれど

この職に長くしあればおのづから動きゐることときにうとまし

履歴書閉ぢる

転勤のたびに上書きされてゆく脳《なづき》の八桁暗証番号

方角の悪しとおもへど東にも西にもゆきたり辞令ひとつに

定期券を買ふもこれまでと肯ひつ退職までの日数かぞへて

ペン胼胝のいつしか消えて銀色の小さきマウス手になじみたる

新年度の職員名簿に加へるも削るもありてわれを削除す

指を折りてかぞへるほどの日数なり退《ひ》く日まぢかき夕暮れにゐる

肩書をさらりはづせば生《は》えてくる翼の色はなにいろだらう

くせ球のやうな電話の相手にもこれにてさらば定年むかふ

退きたれば二人の暮らし而してクサンチッペときつと呼ばれる

引継書をつくるもこれが最後にておもひをこめて印鑑を押す

引継書つくり終へるに夕やけのいろを映せるパソコン画面

採用されたるときの辞令はＢ５判Ａ４判なる退職辞令

三月三十一日限り定年との一行を加へ履歴書閉ぢる

Ⅱ

春うすぐもり

警報音ひびき警報ランプ点滅し訓練になきわざはひ起る

何といふ大地震《おほなゐ》なるかこの地球の形状軸を蹴飛ばししといふ

方舟をつくるいとまのありやなし地にオリーブの枝も探せぬ

大地震にすべなかる身の祈りゐる辛卯《かのとう》の年春うすぐもり

かなしみの凝りたるとき吐く息のかの地に雪となりてふりつむ

停電にくるひしチャイムのプログラムなほして始める昨日も今日も

こころにも栗立《あはだ》つことの多き日よ闇にしらしら馬酔木さくなり

何ごとのなけれど眠れぬ夜となりて時のそこひにひびく足音

大津波さらひに来よといふやうに余震にころがる標本の魚

ifといふ

もしかして夢だつたらうか何もかもif《イフ》といふ雲うかぶ福島if

いろも無くにほひも無くて福島の空に散らばるものの在りしか

想定といふは何なる想定外とくりかへし聞けど思ひ描けず

みな人のゆめ疑ふなこの地にもめぐりくる日よ桃始笑《ももはじめてさく》

智恵子なら何といふのか無味無臭なる福島の空気すひこむ

二年《ふたとせ》は夢にあらずばみな人よ忘るるな三月十一日を

みどり濃き信夫山なりかの日よりつづく空気の中にたたずむ

つよき風の地なるに『信夫伊達風土記《しのぶだてふどき》』にはここ福島を吹き島といふ

線量注意と札さがりゐる木立なり熟しすぎたるブルーベリーの

安達太良山のくきやかに見ゆこの地より未来永劫動かぬと決め

雪かづく吾妻山には春を告げる種蒔うさぎのまだまだ見えぬ

闇をただよふ

みちのくの黒石寺《こくせきじ》なる薬師像この世見るときまなじり上げる

薬師如来の掌に刻まるる頭脳線生命線ながしわが手と比ぶ

さらはれて帰らぬ人らを待ちてゐる地蔵菩薩はあの日のままに

〈まだ〉といひ〈もう〉ともおもふ四年なり余震域いまもときをり揺れて

まきもどすことなどできぬ時間なれど還りくるなり死者はこよひも

帰るべき地につづきゐる道なりと黄泉平坂ゆびさすは誰

生者にはあらず死者にもふくまれぬ闇をただよふ行方不明者

鬼も蛇もゐるかもしれぬみちのくの空のはたての夕焼けの中

福耳

まづは邪をはらひたまへと額づきぬ鉾にぎりたる毘沙門天に

福耳の福の神をばをろがみつつわが耳たぶを確かめてみる

兜などおろしたまへよ毘沙門天たしかめたきはきみの福耳

身体中なでまはされて一身に万病封じこむびんづる尊者

七つの寺をめぐれば無病息災と聞かされてゐつ祖母のこゑにて

行列のしりへに日差しあびて待つ護摩の修法に声あはせつつ

福をよぶ風にあらむか大黒天の肩に負ひたる袋より吹く

ことほぐは長寿なりけり仲町のかどの亀屋の亀の子最中

川越の裏鬼門なる妙昌寺ぜひに是非とも鬼にあはばや

紅梅が好き

しあはせの種はいづこをただよふかけさらんぱさらんこの手にとまれ

濃きもうすきも紅梅が好ききさらぎの雨ふるごとに一分《いちぶ》づつ咲く

冷える夜の胸のうちまでつめたきに雪女にはなれぬとおもふ

削《けづ》り氷《ひ》にあまづらを入れると清女いふやうに食べたしけさの淡雪

昨日とは変はらぬけれどくちびるに言葉ははづむ立春のけふ

雪の日のおばんざいならかぶら蒸し京の底冷えおもひて食べる

ふれるなら脈うつものであるやうにからすうり赤し生きてゐるのだ

いつのまにか雪にかはりて家居する牛蒡三本ささがきにして

声のみにつながれてゐるそのこゑに胸ゑぐられるするどくふかく

踏むにつめたき

風神は大男なりひと息にさくらの花を散らしてみせる

足裏に踏むにつめたき花びらか今したたずむ佐保姫の影

息つめてさくらふぶきの中に立つこのまま止まれわが時間軸

当たらぬも当たるも八卦おもはくは君のうしろを素通りするも

山また山の向かうも花の咲く尾根か踏みまよひたし吉野山屏風

悔ゆることの多き春の日和讃して散華さんげと舞へり花びら

封印をしたる思ひのいくつかの封切るやうに花びらの散る

五線紙に写さば春のワルツとも名付けたし雪のとけてゆく音

うつうつと花ぐもりの日に摘みきたる菜の花の黄《き》胸《い》をてらせよ

晶子の忌日

遠見なる若葉のいろのつらなりは白緑《びやくろく》萌葱鶸《ひは》色に若草

うたひだす木木のあらむか雨だれの刻むリズムにこゑをあはせて

生まれ月占ひのけふは良き日にてラッキーカラーの靴下をはく

にじみだす色はさみどり春を呼ぶ風の絵筆のたっぷりとして

おほどかに過ぎりゆく雲ゆりの木の満開なるをひとに知らせよ

父も母も世にあらざるに生えきたる親不知なり親の知らぬ歯

親の知らぬ親不知なり一本を抜くも残すもみづから決める

親不知なれども抜くにそののちは身体髪膚ひとつ欠けたり

恋ごころのやうなるいろにひなげしの咲けばまぢかし晶子の忌日

Ⅲ

みなとみらい線

未来とは明るきことば降り立つはみなとみらい線みなとみらい駅

桟橋にたたずめば見ゆそのかみの波濤越えたる人のまぼろし

白き艇《てい》ならびてゐたり想ひ出とともにあゆめる海岸通り

夢半ばのおもひを告げるこゑなるかひぐらしかなし外国人墓地

あぢさゐは楠本滝といふをみな外つ国人のオタクサと呼ぶ

異土に建つ十字架《クルス》の墓をいだかむと四方より伸びる太きつる草

たましひを天に召しゆく大天使の広ごるつばさいまし翔けむと

木洩れ日にまぎれるやうに谷ふかく沈みゆくなり黄のあげは蝶

新婚の家

啄木と節子出会ひの道なりとちひさき歌碑のならぶ川岸

門辺には柳大きく育ちゐて啄木節子新婚の家

肴町鉈屋町また紺屋町にすれちがひたり啄木の影

若死ににあらねば何処かに会ひたるもあはれ啄木没後百年

啄木を訪ねきたれば栃の木にあをき実さやぐ盛岡の町

馬市の名残をみせる街なるに馬検場といふがのこれり

開運橋に立てば良きことありさうに真向かひに見ゆ南部片富士

ふるさとを遠くおもへど鼻曲がり鮭にはなれぬ石川啄木

眠りてのちも

木のにほひ潮のにほひの湧きてくる『船霊さま』を読みつぐゆふべ

その人の一生《ひとよ》に心かさねるに眠りてのちも波の音きこゆ

やりくりは身につまされてわれも手になじむ電卓そと撫でてみる

船霊さまに紅をさしつつみづからは飾ること少なき岡村芳子

なまこ壁たどりてゆくに注連縄に潮の香しみる瀬崎稲荷社

八方をにらむといふも竜の眼のなごむ時あり飛天の笛に

暗ければあやかしのもの通るらむこはごは婆娑羅《ばさら》峠《たうげ》を越える

たぐひなき技もつ人よ自画像の苦みばしりて入江長八

告げざりし言葉をそつと手の中の蛍にかさね放ちてやりぬ

歌の神様

降りたつに祭囃子のきこえくる越後塩沢住吉神社

忍の一文字胸にきざみて暮らしたる牧之《ぼくし》なり此《こ》は『北越雪譜』

草ふかき大沢の駅きちきちとこゑをあげたり精霊飛蝗

魚野川のゆるく曲がれるふるさとに柊二ねむれり奥津城に立つ

呼び寄せるは歌の神様かもしれぬ柊二遺愛のあまたの鈴の

推敲のうめきごゑをも聴きたるか柊二残ししちびた鉛筆

魚野川に遊ぶおもかげ探しつつ渡りゆかむか堀之内橋

夏雲をかづきてやさし魚沼の地をまもりゐる越後三山

坂は

ジオラマを見るやうに見つ外濠に影を映してゆく中央線

何をもて尺度となせるさりげなき言葉にやどるわたくしらしさ

長老の祝電読むにわが知らぬ言葉ありたり「夏安居《げあんご》」「壽詞《よごと》」

帯坂と名の艶めけどそもそもは皿をかぞへし腰元お菊の

おもひきることの難くて生きの身を幽霊坂の闇にまぎらす

額《ぬか》を射る朝の光に展翅される蝶になりたり白き部屋にゐて

今はもう見えずなりたりその名のみ残りてゆるき富士見坂ゆく

百合の香のへやにこもれり二十年を祝ふ宴の名残とどめて

思ひとはとどまるものかひそやかに坂は此れの世と彼の世をつなぐ

ひびわれを

空耳にあらずやふとも雨音の聞こえるやうな〈雨漏茶碗《あまもりちゃわん》〉

ひびわれを金《きん》に継ぎたる壺なれば青磁のいろのはなやぎて見ゆ

潮だまりのやうないち日てのひらの感情線のうすれてゆくも

過去も未来もあらはれるといふ占ひの信じがたくも手のひらを見つ

名を知るも知らぬもわが手の倍ちかき力士手形像あり両国駅前

ここらあたりは汽水なるべし潮の香の鼻腔しめらす御蔵橋《みくらばし》跡

新しき名の駅に来つ人混みに今業平をさがさむとして

関八州に隠れなきこの電波塔みやこどりさへここまでは来ぬ

人は高みをどこまで求めてゆくのだらう夢のなかほどに塔のそびえつ

除災招福

足柄も不破関《ふはのせき》をもひとつとび筑紫まで来つあづまをみなの

防人の旅をしおもふ大きなる礎石残れる大宰府政庁跡

大鳥居くぐりてゆくに紅白をつのに巻きたる牛の迎へる

道真公のゆかりとつたふる餅《もちひ》なり熱きを食べて除災招福

ようきんしやつたと迎へくれたる人のゐて忘れんとばい博多の夜を

くつぞこといふは何なる膳部には煮付けられたる舌平目《くつぞこ》にらむ

六騎《ろつきゆ》なる店に食べたるせいろ蒸し塗りの小櫃のすこし褪せゐる

マダムといふは

街路樹はすずかけなるに遠目には朽葉色なす秋のフィレンツェ

尖塔の向かうより朝の陽のさしてシニョリーア広場に馬のにほひす

石だたみの道のかたへによどみゐる革のにほひのフィレンツェの街

街の灯のいたく少なし午後八時サン - ジョバンニ洗礼堂闇にしづみぬ

いつはりのなき宿世とはおもほえど真実の口に手を入れてみる

枇杷の花さく家のありくれなづむスペイン広場までを歩むに

つねになき言葉もて呼びかけらるる時マダムといふはわれのことなり

国境線なけれどヴァチカン大聖堂に手荷物検査のゲートをくぐる

審判を受くる日のあらむシスティーナ礼拝堂に集ふわれらの
終の日の審判なれば手をとりて引き上げくるる腕《かひな》ほしきも

時間のにほひ

風物詩となりたる古本祭りなり神保町の人混みをゆく

本には本の言ひ分のあり百円の平台に寄ればつぶやきもらす

電子辞書にあぢはへぬもの古書店の紙のにほひと時間のにほひ

隅つこの書棚のそのまた隅つこの本よりそつとこゑかけられる

古本と侮るなかれ叶ふなら紙魚《しみ》となりてもあぢはひ尽くす

草の穂をむすぶは誰ぞわだかまるおもひのありて草にうらなふ

夢のゆくへを見届けたしと風船の空にのまれるまでを見てゐる

とんぼの目玉くるりとまはす指先の空にふるるに季節のめぐる

何を話さう何から話さう母の背を追ひかけてゆく夢の中では

樋口奈津

路地ごとにきのふの雪ののこりゐて仕舞屋さむし下谷《したや》竜泉《りゅうせん》

くわしとは菓子のことなり一葉の記念館にみる仕入帳には
一葉女史との石碑のあれど樋口奈津みまかりたるは二十四歳
雪もよひの夕暮れなれば一葉のきつとまとへり薄綿胴着

代筆のこひぶみなれど己が身の万分の一の真実を書く

さんざめく声つたはりて夜の道まがれば明るし大門《だいもん》を過ぐ

飛不動《とびふどう》前のほそみち小走りにゆくは奈津なり質草かかふ

金策も日記にしるすいまの世に札《さつ》に刷らるる樋口奈津なり

三尺間口に口過ぎをする女戸主《をんなこしゆ》奈津のあきなふ荒物、駄菓子

見下ろしの街

見下ろしの街は雨なり傘のうちになにを抱へて人のゆきかふ

けふの幸運つかひはたせり止まることなく通過する青信号に

見えにくき世の中見ようとするために母の眼鏡をこのごろ借りる

戦争の記憶をもたぬ子らの手のにぎりしめたり液晶戦闘《バトル》

潰して出すとの決まりにつよく踏みしだくペットボトルのこの世の空気

怒りといふ文字《もんじ》には女《をみな》と心ありされば夫に息子に怒る

夕べにはすぼまりてゐる紅芙蓉うちに芽ばえる怒りを収む

受け継がれ来し〈青手九谷〉の大皿の花の盛りのむらさき牡丹

陶工のあそび心かかけまはる栗鼠がゐる透彫葡萄棚香炉

八まいのおほき花弁に風吹けば回りだしさうクレマチスの花

あまい汁を好める虫かひつたりと背にかくれつつ口吻のばす

腹のうちは見せられぬといふもぱつくりと裂けてしまへり庭のざくろは

荒ぶるはたましひなりとファン - ゴッホ自らに科する耳削ぎの刑

起き抜けに洗ひながせり怖ろしき夢に触れられたる左の手

手のひらに小さきゆらぎのつたはりてまだ残りをり人恋ふこころ

体幹をきたへねばならぬ風まかせあなた任せの大波斯菊《おほはるしやぎく》

かなしみのしづくするなり真夜中のゆるぶ蛇口をそのままにする

湿り気は耳につたはりゆつくりと浸しはじめるこころのうちを

秋の日のやはき温もり背にうけてうすらぎてゐるわが影法師

おもかげを重ねてみるに日だまりに母のやうなる返り花咲く

よろこびは父にかなしみは母の胸に訴へたくて墓前に参る

生きてゐるなら百歳の父か秋の日のひなたに咲きてゐる韮の花

手ふれたきほどに艶めく実のかげに棘たくはへる常盤山樝子《ときはさんざし》

わかりあへると思ひしは夢それゆゑにひと日ことばを紡ぎつづける

おほよそは右から左へききながし安らかにゐる二人の日々の

七人の敵の夢かもかたはらに夫の歯嚙みのつたはりてくる

子の齢をかぞへてみたり雨の夜の間違ひ電話を切りたるのちを

冠婚祭の少なくなりて突然の葬ばかりなりわれ林住期

木の下に立ちゐて空に指さきをふるるに時間のしづかに動く

部屋の絵をかけかへるごと色変はる木木ならびをり東南の窓

あとがき

二〇一五年十一月「パブロフの犬」三百首により第三回現代短歌社賞を受賞いたしましたが、短歌に出合ってから年数の浅い私には本当に思いがけないことでした。

地方公務員として公立高校に勤務し定年を迎えた私が短歌を始めたのは定年後のことです。その後も引き続いて再任用されて学校現場にいたので、四年ほどは仕事と短歌を詠む時間とが重なっていました。何を素材として詠むかも分からなかった私に、職場詠を勧めてくださったのが師事した外塚喬先生でした。今回の受賞は先生のご指導の賜物にほかなりません。

このたび歌集としてまとめるに当たり、歌集名を「インパラの群れ」と改めました。仕事の場として四十年余りを過ごした学校の風景として、躍動感に満ちた高校生の姿を、アフリカの草原を駆けるインパラと重ねあわせた一首から採ったものです。学校の事務室というのは、教育環境の整備と教育活動のサポートをする部門です。その職務の一端を短歌という形に残せたことが何より嬉しく思えるのです。

在職中に東日本大震災がありました。直接被災しなくとも大きな衝撃でした。また定年後は時間のゆとりも出来て興味ある地を訪れています。そうした時々の思いを短歌に託しました。三十一音律の短い詩形ながら、個々人の日常の記憶を言葉に表して残せるということに意義深い思いがいたします。遅い出会いでしたが、この詩形に巡り会えたことの幸せを思います。

朔日短歌会に入会して七年が経ちました。厳しくも温かくご指導くださる朔日短歌会の外塚喬代表、折にふれ励ましてくださる宮本永子様、そして共に学ぶ仲間がいるということが短歌を続けられた理由と深く感謝申し上げます

現代短歌社賞の応募に際しましては、三百首の歌を丁寧にお読みいただき、

批評し励ましてくださいました選考委員の沖ななも先生、雁部貞夫先生、安田純生先生そして外塚喬先生、本当にありがとうございました。これを励みに自然体で日常を詠い続けてまいりたいと願っております。

計らずも、歌集出版の機会をくださいました現代短歌社社長道具武志様に厚くお礼申し上げます。出版に当たり同社の今泉洋子様に大変お世話になりました。心から感謝申し上げます。

二〇一六年四月二十四日　若葉の美しい日にしるす

高　橋　元　子

略歴

1948年　埼玉県坂戸市生まれ
2009年　朔日短歌会入会
2015年　第三回現代短歌社賞受賞

歌集 インパラの群れ　朔日叢書第98篇

2016(平成28)年8月25日　発行

著者　高橋元子
〒350-0235 埼玉県坂戸市三光町29-5
発行人　道具武志
印刷　㈱キャップス
発行所　現代短歌社
〒113-0033 東京都文京区本郷1-35-26
振替口座　00160-5-290969
電話　03(5804)7100

定価2000円(本体1852円+税)
ISBN978-4-86534-173-7 C0092 ¥1852E